Friedrich von Esmarch

Der erste Verband auf dem Schlachtfelde

Friedrich von Esmarch

Der erste Verband auf dem Schlachtfelde

Unveränderter Nachdruck der Originalausgabe von 1869.

1. Auflage 2024 | ISBN: 978-3-38613-921-2

Antigonos Verlag ist ein Imprint der Outlook Verlagsgesellschaft mbH.

Verlag: Outlook Verlag GmbH, Zeilweg 44, 60439 Frankfurt, Deutschland, info@outlook-verlag.de
Vertretungsberechtigt: E. Roepke, Zeilweg 44, 60439 Frankfurt, Deutschland
Druck: Libri Plureos GmbH, Friedensallee 273, 22763 Hamburg, Deutschland

Der erste Verband

auf

dem Schlachtfelde.

Der

erste Verband

auf

dem Schlachtfelde.

Von

Dr. F. Esmarch,

Professor der Chirurgie in Kiel.

Mit einer Kupfertafel und drei Holzschnitten.

Kiel,

Schwers'sche Buchhandlung.

1869.

Als einen Beitrag zur Linderung der ersten Noth auf den Schlachtfeldern bitte ich diese Schrift zu betrachten. Wenn der Vorschlag, den ich darin gemacht habe, Beifall finden sollte, so würde bald kein Krieger mehr in den Kampf ziehen, ohne den ersten Verband für seine Wunden bei sich zu tragen.

An alle Diejenigen, welche es als ihre Aufgabe betrachten, die Schrecken des Krieges so viel als möglich zu mildern, richte ich die freundliche Bitte, meinen Vorschlag nach Kräften unterstützen zu wollen.

Kiel, den 1. März 1869.

Dr. Esmarch.

Der Soldat soll im Kriege jeden Augenblick bereit sein, Gesundheit und Leben zum Opfer zu bringen. Er hat deshalb gerechte Ansprüche auf schleunige Hülfe, sobald er verwundet wird.

In kleineren Gefechten wird ihm auch fast immer die ärztliche Hülfe zur rechten Zeit zu Theil, denn es sorgt der Staat dafür, dass mit den Truppen Aerzte und Krankenträger marschiren, welche mit Allem versehen sind, was für den Verband auf dem Schlachtfelde und für den Transport in die Lazarethe erforderlich ist.

Nach grösseren Schlachten aber müssen, wie die Erfahrung lehrt, Tausende von Verwundeten Tage lang ohne Hülfe bleiben, weil die Zahl der Aerzte und ihrer Gehülfen zu gering ist im Verhältniss zu der Zahl derjenigen, welche in wenigen Stunden auf das Schlachtfeld hingestreckt werden.

Und kommen sie endlich, die ersehnten Helfer, dann fehlen nicht selten alle Mittel, um die Verbände anzulegen, weil ihr Vorrath verbraucht, die Bandagenkarren geleert, verloren oder zertrümmert sind.

Man lese nur die Schilderungen dieser Zustände in Henri Dunant's „Erinnerung an Solferino", oder in Naundorff's „Unter dem rothen Kreuz".

Es ist daher der Wunsch wohl gerechtfertigt, es möge dafür gesorgt werden, dass jeder Soldat im Kriege die Verbandstücke bei sich trage, welche für die erste Hülfe nöthig sind und dass er darin unterrichtet werde, sich selbst oder seine verwundeten Kameraden im Nothfalle damit zu verbinden.

Allerdings führen in den meisten Armeen die Soldaten in ihren Tornistern kleine Päckchen von Verbindezeug, welche etwas Charpie, einen Schwamm und eine leinene Binde von 4 Ellen Länge enthalten. Aber diese Verbandstücke sind nicht zweckmässig gewählt und deshalb von äusserst geringem Nutzen.

Der Zweck des ersten Verbandes ist hauptsächlich der, dass er die frische Wunde schütze gegen die Schädlichkeiten, welche dieselbe auf dem Transporte bis ins Lazareth treffen können.

Er muss also vor Allem die Wunde gehörig bedecken und Staub, Schmutz, Insecten, die Einwirkung der Sonnengluth u. dergl. abhalten.

Er muss ferner dem verwundeten Gliede die nöthige Ruhe gewähren, es in derselben passenden Lage erhalten, da jede Bewegung während des Transports die Wunde zu verschlimmern pflegt.

Er soll endlich durch geeigneten Druck

auf die Wundfläche den Blutverlust verhüten oder vermindern und zugleich der auf die Verwundung folgenden Erhitzung und Entzündung durch Abkühlung vorbeugen können.

Diese Zwecke lassen sich mittelst einer Binde und etwas Charpie nur in wenigen Fällen und bei ganz leichten Verletzungen erreichen.

Ausserdem gehört zur kunstgerechten Anlegung einer Binde eine besondere Fertigkeit, welche sich nur durch längere Uebung erwerben lässt. Eine schlecht angelegte Binde aber nützt gar nichts, verschiebt sich bald und kann dann sehr schädlich wirken, indem sie den verwundeten Körpertheil einschnürt.

Viel besser entspricht diesem Zwecke in den meisten Fällen ein Tuch, z. B. ein Schnupftuch, Halstuch oder dergleichen.

Ein Schnupftuch trägt nun wohl im Felde jeder Soldat bei sich, aber es wird in den meisten Fällen nicht brauchbar sein, theils weil es nicht gross genug, theils weil es nicht rein ist. Auch weiss der Soldat es nicht für den genannten Zweck zu verwenden.

Ein dreieckiges Tuch von genügender Grösse würde das geeignetste Material sein, um den ersten Verband auf dem Schlachtfelde anzulegen.

Die Anwendung desselben ist so einfach, dass jeder Laie sie leicht und rasch zu erlernen vermag. Ein Blick auf das am Schlusse dieser Schrift angehängte Bild zeigt, in welcher Weise bei den Verwundungen der verschiedenen Körpertheile der Verband mittelst eines solchen Tuches angelegt werden kann. Dieses Bild, welches nach meiner Angabe von dem Maler Herrn J. Wittmaack in Kiel entworfen und gezeichnet und von Herrn Becker in Berlin in Kupfer gestochen ist, stellt einen Verbandplatz hinter der Feuerlinie dar, auf welchem die verwundeten Krieger mit Hülfe dreieckiger Tücher sich unter einander verbinden.

Das Bild ist dazu bestimmt, auf baumwollene oder leinene Tücher von der Form und Grösse der Kupfertafel gedruckt zu werden und soll dem Besitzer eines solchen Tuches zur Anleitung dienen, in welcher Weise er dasselbe bei verschiedenen Verwundungen anzulegen hat.

Wenn nun jeder Soldat im Kriege ein solches Tuch im Brodbeutel trüge, so würde er dadurch in den Stand gesetzt, im Falle der Verwundung sich selbst oder seinem Kameraden den ersten Verband anzulegen. Es darf wohl angenommen werden, dass ein intelligenter Mensch schon durch aufmerksame Betrachtung dieses Bildes in den Stand gesetzt werde, das Tuch in den meisten Fällen richtig anzuwenden. Dennoch würde es zu empfehlen sein, in Friedenszeiten die Soldaten während ihrer Ausbildung in der Anwendung des Tuches zu unterrichten, und es würden dazu einige Instructionsstunden von Seiten eines Arztes oder eines Lazarethgehülfen nebst praktischen Uebungen hinreichen. Ich habe zu diesem Zwecke am Schluss eine kurze Anweisung für den Gebrauch des Tuches hinzugefügt. Ein solcher Unterricht würde auch den Vortheil haben, dass die aus dem Dienst entlassenen Soldaten einige Kenntniss von den bei plötzlichen Unfällen zu ergreifenden Massregeln im Volke verbreiteten, welche bis jetzt leider noch fast nirgends vorhanden ist.

Die Verwendung des Tuches als Verbandmaterial ist nicht neu. Seit Jahrhunderten hat man Tücher verschiedener Gestalt zum Verbinden gebraucht. Vor Allen aber war es ein Schweizer Arzt, der Dr. Mayor in Lausanne, welcher der vielseitigen Verwendung der Tücher in der Chirurgie dringend das Wort redete und mehrere Werke über diesen Gegenstand schrieb*). Er ging indess in seinem Eifer

---

*) Ueber den Popular-Verband von Dr. M. Mayor. Aus dem Französischen von Dr Finsler. Zürich 1829. Neues System des chirurgischen Verbandes von Dr. M. Mayor. Aus dem Französischen von Dr. Finsler. Zürich 1833.

für diese Verbandmethode zu weit, wollte den Gebrauch der Binden ganz abschaffen und erregte dadurch eine Opposition, welche der Sache selbst schadete. Seine Methode fand daher weniger Beifall, als sie es verdiente, denn wenn sie auch von manchem Chirurgen und in manchen Hospitälern mit Vorliebe angewendet wird, so giebt es doch viele Aerzte, welche sie kaum dem Namen nach kennen.

Ich habe schon gesagt, dass das Tuch aus Leinen oder Baumwolle bestehen könne und bemerke dazu, dass die Furcht, welche man noch so oft von Laien aussprechen hört, dass baumwollene Stoffe schädlich auf Wunden einwirkten, längst widerlegt ist, ja dass viele Chirurgen Wunden aller Art mit reiner Baumwollenwatte zu verbinden pflegen.

Würde man also zur Herstellung dieser Tücher einen ganz leichten, 1½ Elle breiten Baumwollenstoff (Kattun oder Shirting) wählen, so würde bei Anfertigung grösserer Quantitäten das Stück nur wenige Groschen kosten.

Ein solches Tuch lässt sich zur Grösse einer Spielkarte zusammenlegen, hat dann, mit 2 bis 3 grossen, etwa 2 Zoll langen Stecknadeln zusammengeheftet, eine Dicke von ½ Zoll und wiegt kaum 3 Loth, also jedenfalls weniger als das Verbindzeug, welches jetzt der Soldat im Tornister bei sich trägt.

Ob es zweckmässig sei, dem Tuche noch anderes Verbandmaterial beizufügen, wie Charpie, Compressen oder dergleichen, ist eine Frage, welche vielleicht von verschiedenen ärztlichen Autoritäten verschieden beantwortet werden dürfte. In sehr vielen Fällen wird das Tuch allein genügen, namentlich wenn Wasser auf dem Verbandplatz vorhanden ist, um es vor dem Anlegen nass zu machen. Die Verwundeten können dann auf dem Transporte ins Lazareth die Benetzung (durch Begiessen) so oft wiederholen, als sie in die Nähe von Wasser kommen. In manchen Fällen ist es nützlich, einen leichten Druck auf die Wunde auszuüben, um die Blutung zu stillen, und für diesen Zweck müsste man zwei kleine Ballen Charpie oder präparirte Watte in das Tuch einschlagen, da in den meisten Fällen die Kugel zwei Wundöffnungen macht. Um aber das feste Ankleben derselben an die Wunden zu verhüten, könnten zwei mit einer fettigen Substanz (Salbe) bestrichene Leinwandläppchen hinzugefügt werden.

·Ich würde rathen, zum Bestreichen dieser Läppchen eine Mischung von einem Theil Carbolsäure mit zehn Theilen Fett zu verwenden, da die erstgenannte Substanz die Eigenschaft hat, die Fäulniss von der Wunde fern zu halten.

Durch Einwickeln dieser Läppchen und

Ballen in ein Stückchen gefirnissten Seidenpapiers lässt sich nicht nur das Verderben der Salbe, sondern auch die Beschmutzung des Tuches durch letztere verhindern und auf diese Weise ein kleines Quadrat von 3 Zoll Länge und Breite herstellen, welches in das Tuch eingewickelt die Dicke des Päckchens nur sehr wenig und das Gewicht kaum um $\frac{1}{2}$ Loth vermehrt.

Wenn nun jedem Soldaten im Kriege ein solches Päckchen mitgegeben würde, so müsste er dasselbe jedenfalls nicht im Tornister, sondern im Brodbeutel tragen, weil er sich von dem letzteren niemals trennt, während der erstere oft vor dem Gefechte abgelegt wird.

Anweisung

zum Gebrauch des dreieckigen Tuches.

Von den drei Seiten des ausgebreiteten Tuches bezeichnet man die längere, welche sich unter dem Bilde hinzieht (Fig. A *bc*), als unteren Rand, die beiden anderen (*ab* und *ac*) als Seitenränder.

Von den drei Ecken heisst die dem unteren Rand gegenüberliegende obere (*a*) die Spitze, während die beiden unteren seitlichen (*b* und *c*) die Endzipfel genannt werden sollen.

Fig. A.

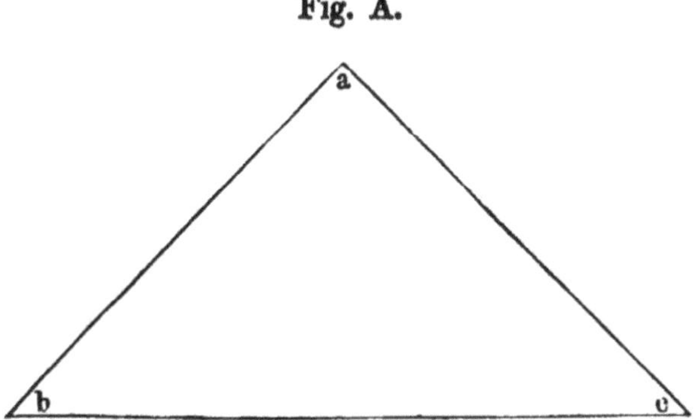

Das Tuch kann für verschiedene Zwecke in verschiedener Form und Grösse verwendet werden.

In manchen Fällen sind zwei kleinere Tücher besser zu gebrauchen, als ein grosses. Dann schneidet man nach dem Verlaufe der schwarzen Linie, welche von

der Spitze nach abwärts gezogen ist, das
Tuch in zwei gleiche Hälften.

Diese werden im Gegensatz zu dem
ganzen Tuch als halbe Tücher bezeichnet.

In das Tuch eingewickelt befindet sich
ein Päckchen, welches zwei Salben-
läppchen und zwei Ballen Charpie
(Watte) enthält. Ehe man das Tuch an-
legt, wird auf jede Wunde ein Salbenläpp-
chen und darüber ein Charpieballen sanft
angedrückt.

Für die einzelnen Theile des Körpers
kommt das Tuch in folgenden Formen zur
Anwendung.

Die Form eines Halstuches (Fig. 29)
erhält man durch wiederholtes Einschlagen
der Spitze gegen den unteren Rand; je
öfter dieses Einschlagen wiederholt wird,
desto schmäler wird das Tuch.

In dieser Form bildet es nicht nur für
die Wunde des Halses, sondern auch für
die vieler anderer Körpertheile einen zweck-
mässigen Verband, z. B. für das Auge (Fig.
8 und 14), die Stirn (Fig. 22 und 29), die
Ohren, die Wangen, das Kinn und den
Unterkiefer (Fig. 10).

In derselben Weise wird es angewendet
bei einfachen Fleischwunden der
Gliedmassen (Fig. 5, 6, 11, 18, 26, 27),
sowie zur Befestigung von Schienen

oder anderen stützenden Apparaten bei Zerschmetterung der Knochen (Fig. 1, 2, 12, 16).

Endlich kann es als kleine Schlinge zur Unterstützung des verwundeten Armes dienen (Fig. 24, 28, 32).

Die Anlegung des Tuches in dieser Form ist so einfach, dass es keiner besonderen Beschreibung bedarf. Die Endzipfel werden entweder mittelst zweier starker Stecknadeln befestigt oder zusammengeknotet.

Im letzteren Fall ist es rathsam, sich des sogenannten Schifferknotens (Fig. B)

Fig. B.

zu bedienen, welcher viel sicherer hält, als der Weiberknoten (Fig. C) der sich leicht von selber löst.

Fig. C.

Um eine Kopfwunde zu verbinden, legt man die Mitte des Tuches auf den Kopf, so dass der untere Rand quer vor der Stirn liegt, die Spitze desselben über den Nacken hinunterhängt. Darauf führt man die beiden Endzipfel über beide Ohren weg nach hinten, lässt sie auf dem Hinterhaupt sich kreuzen, führt sie wieder nach vorn und knotet sie auf der Stirn zusammen. Dann wird die hinten herabhängende Spitze straff nach unten angezogen, über das Hinterhaupt hinauf geschlagen und auf dem Scheitel mit einer Stecknadel befestigt (Kopftuch oder Kopfmütze, Fig. 9 und 21).

Zur Einhüllung einer verwundeten Hand genügt ein halbes Tuch. Man legt die Hand so auf das ausgebreitete Tuch, dass das Handgelenk die Mitte des unteren Randes bedeckt, während die Fingerspitzen gegen die Spitze des Tuches hin gerichtet sind. Letztere wird nun über die Hand hin gegen den Vorderarm zurückgeschlagen. Dann kreuzt man die Endzipfel über die Spitze und knotet sie auf der anderen Seite des Handgelenkes zusammen (Fig. 3, 7).

Den verwundeten Fuss setzt man mit der Sohle auf die Mitte des Tuches, so dass die Zehen gegen dessen Spitze gerichtet sind. Dann schlägt man die Spitze über den Fussrücken hinauf, führt die beiden Endzipfel um die Knöchel herum, kreuzt sie auf dem Fussrücken und knotet sie auf der Fusssohle zusammen (Fig. 15, 23).

In ähnlicher Weise kann man die Stümpfe von abgeschossenen, abgehauenen oder amputirten Gliedmassen verbinden. Man legt den unteren Rand des Tuches oberhalb des Stumpfendes um das Glied, schlägt die herabhängende Spitze um die Wunde herum nach oben, und befestigt sie dadurch, dass man die Endzipfel darüber zusammenknotet (Fig. 30, 34).

Um den verwundeten Arm in eine bequeme Schwebe zu hängen, schlägt man den einen Endzipfel über die gesunde Schulter und so weit um den Nacken, dass er auf der anderen Seite des Halses zum Vorschein kommt, lässt ihn hier festhalten, während der andere Endzipfel an der Vorderseite des Körpers herabhängt, legt den gebogenen Arm vorsichtig auf die Mitte des Tuches und zieht die Spitze desselben hinter dem Ellbogen einige Zoll weit nach aussen hervor. Dann schlägt man den herabhängenden Endzipfel vor dem Arm hinauf nach der Schulter der verwundeten Seite und knotet ihn mit dem anderen Endzipfel im Nacken zusammen. Zum Schluss wird die Spitze um den Ellbogen herum nach vorn geschlagen und hier mit einer Stecknadel befestigt. Man nennt diesen Verband das grosse Armtragetuch (Fig. 4, 17, 25).

Um Brustwunden zu verbinden, wird die Mitte des Tuches auf die Brust gelegt, die Spitze über die eine Schulter nach hinten geschlagen und der untere Rand in der Gegend, wo Brust und Bauch zusammenstossen (Gürtelgegend) dadurch befestigt, dass man die beiden Endzipfel um beide Seiten nach hinten führt und sie auf dem Rücken zusammenknotet. Dann wird die über die Schulter geschlagene Spitze nach abwärts gezogen, unter die zusammengeknoteten Endzipfel durchgeführt und mit einer Nadel oder einem Knoten befestigt (Fig. 19, 20).

Bei Verwundungen am Rücken verfährt man in ähnlicher Weise, aber in umgekehrter Richtung (Fig. 13).

Bei Wunden der Schulter schneidet man das Tuch in zwei gleiche Hälften; von diesen wird die eine wie ein Halstuch zusammengelegt und als kleines Armtragetuch für den Vorderarm verwendet. Die andere Hälfte deckt man so über die verwundete Schulter, dass die Spitze an der Seite des Halses, der untere Rand auf die Mitte des Oberarms zu liegen kommt. Dann führt man die beiden Endzipfel um die Innenseite des Armes, lässt sie sich unterhalb der Achselhöhle kreuzen und knotet sie auf der Aussenfläche des Oberarmes zusammen. Die Spitze des Tuches wird am Halse unter das Tragetuch durchgeschoben, auf

sich zurückgeschlagen und mit einer Stecknadel auf der Höhe der Schulter befestigt
(Fig. 32, 33).

In ähnlicher Weise wird der Verband
an der Hüfte angelegt. Jedoch bedarf es
hier eines ganzen Tuches, weil der Ober-
schenkel so viel dicker ist, als der Oberarm.
Man führt den unteren Rand des Tuches
um den oberen Theil des Schenkels herum
und befestigt die Endzipfel entweder durch
einen Doppelknoten, oder, wenn der Schenkel zu dick ist, mit zwei grossen Stecknadeln. Die Spitze des Tuches wird in ähnlicher Weise wie bei dem Schulterverband
befestigt, indem man sie unter dem leder-
nen Leibgurt durchschiebt, dann sie zurück-
schlägt und mit einer Stecknadel befestigt.
Ist kein Leibgurt vorhanden, so muss man
aus einem zweiten Tuch, welches nach Art
eines Halstuchs zusammengelegt wird, einen
Gürtel machen (Fig. 31).

Wenn bei einer Verwundung der Knochen zerbrochen ist, so muss das Glied
geschient werden, ehe der Transport be-
ginnt, weil sonst durch das Hin- und Her-
schwanken des Gliedes während des Transports nicht nur der Verwundete viele
Schmerzen leidet, sondern auch die Wunde
verschlimmert wird.

Ein Glied schienen heisst, demselben
die Festigkeit, welche es durch Zerbrechen
der Knochen verloren hat, dadurch wieder-

geben, dass man von aussen schmale Bret-
ter (Schienen) daran festbindet.

Wo eigentliche Schienen fehlen, kann
man zu demselben Zwecke andere Gegen-
stände von ähnlicher Form verwenden, wie
sie auf dem Schlachtfelde gefunden werden,
als Seitengewehre und Bajonette oder deren
Scheiden (Fig. 2), Gewehre (Fig. 12),
Stücke von Lanzen, Speichen zerschosse-
ner Räder u. dergl., oder man bindet Zweige
(Fig. 16), Strohhalme oder Binsen (Fig. 1)
zu schmalen Bündeln zusammen, befestigt
dieselben an dem zerschossenen Gliede durch
mehrere Tücher, welche wie Halstücher zusammengelegt werden, und nimmt dabei zu
Hülfe Taschentücher, Gewehrriemen, Leib-
gurte, Pferdezügel und anderes Riemenwerk
von Tornistern und Pferdegeschirren.

Das Zusammenfalten des Tuches
geschieht am zweckmässigsten folgender-
massen:

1) Man halbirt das Dreieck, indem man
den einen Endzipfel auf den anderen legt.

2) Man schlägt die beiden Endzipfel
dieses Dreiecks gegen die Spitze hinauf und
legt sie so an einander, dass ein gleichseitiges Viereck entsteht.

3) Man halbirt dieses Viereck dadurch,

dass man eine Seitenhälfte auf die andere legt, und erhält so ein längliches Viereck.

Indem man das Halbiren fortsetzt, erhält man:

4) zuerst wieder ein gleichseitiges, dann

‘ 5) ein längliches Viereck von dem Umfang, bis zu welchem die beifolgende Kupfertafel zusammengelegt ist, und zum Schluss endlich

6) das drei Zoll im Quadrat grosse gleichseitige Viereck, welches durch zwei Stecknadeln zusammengeheftet vom Soldaten im Brodbeutel getragen werden soll.

Druck von M. Bruhn in Braunschweig.